Madame
Poipoi
Monsieur
Henri
Gino
Marto
Rémi
Lepoivre
Adrien
Dubouchon

Tom-Tom et Nana

Les fous du mercredi

Scénario : Jacqueline Cohen et Evelyne Reberg.
Dessins : Bernadette Després. Couleurs : Catherine Legrand.

ISBN 27009 4056 3

Dépôt légal : 2ème trimestre 1988
Imprimé en France par Pollina n°66129

La fanfare de l'été

FANFARE MUNICIPALE
La dzim! La dzim! La boum!
Ya vraiment rien de mieux qu'une fanfare!
On peut en faire une, nous aussi!
CLAP!
Ça, c'est une bonne idée!
Pour les instruments, y a pas de problème !
MENU
La cuisine de papa, c'est un vrai magasin de musique!
Ding!
Blong!
Pliing!
Dong!
Ho! Ho! Qu'est-ce que vous faites?
Rien, rien! On vous prépare une belle surprise!
126-2

Je sens qu'on va avoir un succès formidable !
Pétibulle
PING !
CRRR...
tibulle
En avant la musique !
Pétibulle
Péti
Hello !... Le soleil brille, brille...
guiling !
Pétibulle
Bing !
Pétibulle
Crac ! Crac ! Crac !
BOUM !
Ah, non ! Taisez-vous !
bri...
Trop tard ! Ils l'ont réveillé...
Bo...
guil...
Pétibulle
Pétibulle
Chutt !
ouin !
126-3

Hoc!
Hoc!
Pauvre mignon, il a été choqué!
GLING!
Un bruit pareil, pour de si petites oreilles, c'est atroce!
Ouin!
Allons, dodo... dodo...
Ah, c'est malin!
Mais... on voulait juste faire la fanfare de l'été...
Votre fanfare, allez la faire dehors! Vous voyez bien qu'ici, il y a des bébés!
Ouin!
Mon bébichou, mon tout petit, mon riquiqui!
126.4

Pfff... Des bébés ! Ils pensent qu'à ça !
Pétibulle
Pétibulle
Et nous alors, qu'est-ce qu'on est ?
Des vieux bébés pleins de soucis !
C'est pas juste ! Dès qu'on vieillit, on nous jette à la rue !
Regarde-moi ça, y en a que pour les bébés partout !
Florence Bisou
Le Bébé de A à Z
Bébé au sec
avec Doucette
RIEN N'EST TROP DOUX POUR NOS CHOUCHOUS.
BÉBÉ GOURMET
BÉBÉ GOURMET
Pétibulle
quelle horreur !
Et là !!! Regarde !
guiling !
pétibulle
pétibulle
126-5

Au bébé roi
Au bébé roi
SOLDES MONSTRES!
guiling
Allez viens, on va rigoler!
Oh, les tétines! Je t'imagine, avec une tétine!
Et toi, alors!
Areu ... gnngnn ... gnnngnn ... gnngnn ...
Ah! T'aurais l'air malin!
pétibulle
126-6

Et j'te vois bien avec cette salopette rose et ton gros ventre!
HA! HA!
Pétibu
Et toi, sur ton pot avec ce hochet!
Pétibulle
HO! HO!
Allons, laissons ces mochetés, on a des trucs plus sérieux à faire!
pétibulle
bulle
Allons au square faire notre fanfare!
guilinggling!
pétibulle
étibulle
Hello!... Le soleil brille, brille, ...
BOUM!
guiliiingling!
Craac!
Bing!
126-7

Bom...
Bri...
guil...
Grr...
Ah, non! Manquait plus que ces deux-là!
Comme si on n'avait pas assez d'ennuis comme ça!
Ouin!
Aïe!!!
NAN!
BING!
Maman!
Si c'est pour faire du ramdam, allez chez vous!
Mais, on en vient!
Et bien retournez-y!
Vous voyez bien qu'ici y a des bébés!
Ouin!
Mais, là-bas aussi!
126-8

Les grands dadais, je vous jure!
HOC! HOC!
Si encore, ils pouvaient se rendre utiles, mais pensez-vous!
C'est trop fort, on ne va pas se laisser faire!
Pétibulle
Pétibulle
En plus, ils croient qu'ils savent s'occuper des petits!
Mon oeil! Avec eux, c'est fessée et compagnie!
Pétibulle
Pétibulle
Oh, ce truc-là, ça me fait vomir!
Hé!
BING!
Mais c'est tout léger!
Ça me donne une idée mon vieux! On va l'avoir notre fanfare!
SOLDES MONSTRES!
Pétibulle
Ah, oui?
126-9

Hello !... Qui veut du bon lolo ?...
Areuh !
Oh, miam ! Biberon !
Lolo ! Z'en veux !
Allez, les bébés ! Suivez les grands !...
Hello ! Le soleil, brille, brille, brille ...
BOUM !
Clicc ! Clicc !
Hi ! Hi !
Ça alors, ils sont formidables !
PAF ! PAF !
Guiliiing !
CRAAAC !
FIN
PING !
WOAF !
Turlut... Turlulutt !
CLING !
Coin ! Coin !
126.10

Le meilleur miauleur

Ça serait un tigre ! Et moi je serais un dompteur !
MiAOU !
PING !
Saute sur le tabouret, ma Joséphine !
Attends, je vais lui montrer !
Saute ! Saute !
Fais comme l'éléphant !
Miaou !
BAOUM !
MiAOU !!!
124.2

Qu'est-ce que c'est que ce cirque ?... Vous allez faire crouler la maison !
BANG !
Et regardez-moi ce désordre !
On va tout ranger en un clin d'oeil !
Bon... Je compte jusqu'à dix... Et si à dix tout n'est pas en ordre...
CLAC !

1… 2… 3… 4…
Oh, là, là! Grouillons-nous!
Y a qu'à tout mettre sous les lits!
…5… 6… 7…
Allez, toi aussi rentre dans ta cage!
Miaou!
…8… 9… 10… et demi! Attention! Me voilà!
Et hop! Il n'y verra que du feu!
124.4

Hé bien, c'est beaucoup mieux comme ça !
Y a plus rien qui traîne !
Miaou !
Y a un chat quelque part ?
Sous le lit ?
Mais non ! Mais non !
Y a pas d'chat !
Comment ça ? J'ai entendu miauler !
Euh... Ben... C'est Tom-Tom...
124.5

Oui... Je suis ventriloque...
... Je miaule du ventre!
Tu te fiches de moi!
Je t'assure, il miaule bouche fermée!
Miaou!
Ma parole! C'est vrai!
Ohé, tout le monde! On a un ventriloque dans la famille!
124.6

Regardez bien, écoutez bien !
Mon fils va vous présenter un numéro de ventriloque !
Vas-y, Tom-Tom ! Miaule !
PING !
Miaou...
Hi ! Hi ! Y a d' la triche ! C'est Nana qui a miaulé ! Je l'ai vue !
124-7

Mais enfin, qu'est-ce qui se passe ?
Ben..
...Y a que dans ma chambre que ça marche !
Chic ! On a droit à un petit spectacle !
Faut pas rater ça, mon Fifi !
Pourvu que Joséphine soit toujours là !
Entrez ! Regardez comme leur chambre est bien rangée !
Vos enfants sont merveilleux, monsieur Dubouchon !
124.B

Maintenant, vas-y mon fils! Miaule!
Qu'est-ce que tu as mon Fifi?
Mi...
... Mi i i... a a a a a a a a ou OU!... ou... ou...
Bravo!
Il a de l'avenir dans le cirque, ce garçon.
On l'a échappé belle!
Waf!
Ouf!
124.9

Hé! Le chien de madame Potin!
WAFF!
Il va manger notre tigre!
Fifi!
Miaou!!!
GRRRRRR...
BANG!
Oh! Ils m'ont eu!
Au secours! Mon Fifi!
Euh...
WAAFF!!
Miaou!
Maaaou!
GRRRRR!
WAAF!
FIN
124.10

Un peu, beaucoup, passionnément!

Ouste! Dehors! Laissez-nous tranquilles!
CLAC!
Pfff... Tout ce qui compte pour eux, c'est leur cuisine et leurs petites affaires...
... Nous, on n'est rien!
Ils ne nous aiment pas!
Ça se voit!
Je me demande pourquoi ils nous ont fabriqués?
Tu es sûr qu'ils ne nous aiment pas?...
... Je ne sais pas...
... Quelquefois, ils nous embrassent et juste après, ils nous crient dessus.
... Oui...
122-2

... Comment savoir ce qu'ils pensent vraiment ?
Y aurait un moyen...
... Ce serait d'avoir une machine à mesurer l'amour !
Un détecteur !
Elle mesurerait leurs sourires quand ils nous appellent...
Tom-Tom !
Nana !
... les battements de leur coeur quand on est avec eux...
BOUM !
BOUM !
BOUM !
BOUM !
... l'humidité de leurs yeux quand ils nous voient...
... l'envie de nous câliner...
122-3

Le résultat s'inscrirait sur un écran!
Ça serait formidable! Ils ne pourraient plus rien nous cacher!
BLAM! BLAM!
FRRRRR.
PLOC! PLOC! PLOC!
guiling guiling
Un peu...
CLIC! CLIC! CLIC! CLIC! CLIC!
...Beaucoup...
DRRiiiiiN..
TENDRESSE
CLOC!
122-4

Tom-Tom et Nana : les fous du mercredi

On pourrait leur faire passer des tests!
Avec un matériel tout simple!
Et voilà des billes pour compter les baisers!
Un centimètre... Un thermomètre...
Maman, tu nous aimes?
?!!
Je peux aller dans tes bras?
Euh... Oui!
Un... deux... trois... quatre baisers!
Smack! Smack! Smack!
TOC! TOC! TOC!
Mmpfffff.....
N'aie pas peur, elle mesure ton sourire!
122-6

Papa, tu m'embrasses?
Pourquoi pas!
Un baiser...
Deux baisers...
Trois baisers!
Smack!
Smack!
Smack!
TOC!
TOC!
TOC!
N'aie pas peur il prend la température de ton amour!
HA!
Vous êtes fous!
BING!
splosh!
TOC!
TOC!
TOC!
PANG!
Bon sang! On avait fini de ranger!
C'est quand même pas un endroit pour jouer aux billes!
122-7

Fichez le camp!
CLAC!
Nos tests sont très négatifs!
Zut! Zut! Zut!
Ils nous détestent!
chambre de Tom-Tom et Nana
Je me demande même s'ils viendraient nous sauver si on était en danger!
D'ailleurs, on va vérifier! Je prends le chronomètre et toi tu cries!
Au secours! J'ai mal!
TOP!
On va voir combien de temps ils mettent pour arriver!
TIP! TIP!
122-8

Tom-Tom et Nana : les fous du mercredi

Coucou, mes petits chouchous chéris adorés.
CLAP!
CLAP!
Oh! Tante Roberte!
TIP!
TIP!
C'est moi qui vous garde ce soir! Vos parents sont allés au cinéma!
Je suis toute à vous!
Smack! Smack!
Murmf...
Murmfmf...
PING!
Aaaah! Je vais vous câliner, vous poupouner, vous toutouner, vous...
C'est beau l'amour...
... mais quelquefois, pffff!!!
FIN
122-10

La télé-folie

J'en ai assez que vous regardiez des horreurs!
SCHPAANG!
Hein... Euh... Quoi...
Regardez vos têtes, vous avez l'air de deux idiots!
Queu... que... Mais non... mais quoi... mais que...
Et vous n'arrêtez pas de faire des cauchemars la nuit!
BOUM!
PAFF!
BANG!
Terminé! J'élimine la télé!
CLAC!
Non! Pitié, maman! Tout mais pas ça!
Tu m'arraches le coeur!
133-2

Tom-Tom et Nana : les fous du mercredi

Je vais la descendre à la cave!
Oh, non!
Surtout pas! Y a pas de prise dans la cave!
Bon... Dans le placard sous l'escalier!
Oh, non!
Mettons-la ici, dans la penderie!
Adieu petite télé!
C'est affreux, on dirait que vous l'enterrez!
133-4

Bon... Il faudrait bloquer la porte. Mais avec quoi ?
Mmmm...
Un petit bout de ficelle !
Du scotch !
Non ! Avec ce cadenas, c'est plus sûr !
Clic ! Clac !
C'est moi qui garde la clé !
Qu'est-ce qu'on va faire maintenant ?
On va s'ennuyer. Trouvez-nous une distraction !
Vous deux, vous allez prendre l'air ! Et toi, Adrien... tu n'as qu'à lire... euh... le dictionnaire !
??!!
DICTIONN
133-5

Comme si c'était marrant de se balader dans la rue...
Bof! Il y a quand même des images!
Regarde, là! Une télé!
TÉLÉ-LUXE
Nouveau Grand Ec
L'image est rudement bonne!
Tu parles, ça bouge même pas!
TÉLÉ-LUXE
Nouveau Grand Ecran
7.800,00 Prix imbattable
Et là, on dirait une mini-télé!
Et cette fois ça bouge!
Y a la petite aiguille qui essaye de rattraper la grande...
Pfff... n'importe quoi!
TIC! TAC!
...Elle n'y arrive pas... C'est une belle histoire d'amour un peu triste!
Tic! Tic! Tac!
133-6

LUXE
Le Homard gracieux
Hé! Viens voir! Là, il y a un beau film sur la vie sous-marine!
Ouais!
LUXE
Ben... les gars, qu'est-ce que vous fichez là?
Y a "Mister Mystère" qui commence dans cinq minutes!
Mince, faut pas rater ça!
On va se mettre devant la penderie. Si ça se trouve, en regardant bien on verra à travers la porte!
133-7

Mais, cinq minutes plus tard...
Ooooh ! Plus de télé !
Des voleurs l'ont volée !
Aaah ! Ils ont tué papa !
Maman ! Au secours !
Des voleurs !
Et papa ! Là !
Mon Dieu ! Qu'est-ce qu'ils ont fait ?
HO !
Gloups !
Hic !
133-8

Ah, bien, bravo, pour le bon exemple...
...J'ai failli avoir une crise cardiaque en plus !
CLIC !
Voilà ce que je vais en faire de votre fichue télé !
Non ! Pas par la fenêtre !
Y a quelqu'un en-dessous !
Coucou ! J'arrive !
Oh !
133-9

Mes chéris, figurez-vous que ma télé est en panne!
Alors, j'ai décidé de venir la regarder avec vous!
Hein?
Quelle bonne idée tante Roberte!
Aaaah! La télé, on ne peut vraiment pas s'en passer!
Et voici notre grand film de la soirée "Tempête de bonheur." avec...
FIN
133-10

Un temps de chien

Voyons Poussin, mon p'tit chou, ne reste pas sous la pluie!
Qu'est-ce qu'elle nous amène encore?
Oh, là, là! Quelle bête!
Enfin, nous voilà au sec!
125-2

C'est ça ! Secoue-toi, mon lapinou !
Vous n'auriez pas deux ou trois serviettes pour que je finisse de le sécher ?
125-3

Une autre, s'il vous plaît, ou plutôt une nappe!
C'est qu'il est tellement poilu, mon petit Poussin!
FRIFF! & FROFF!
Maintenant, Poussin, tu vas rester bien sage pendant que je vais déjeuner!
PFFFFF!
Smack!
Elle ne va pas rester là avec ce monstre?
Mais si! C'est la catastrophe!
125-4

Oh, veux-tu aller te coucher !
Hé !
Ho !
smack !
Mes carottes rapées !
Mon poulet !
Ah, non ! Ça, c'est trop !
Allons, lâche-ça, Poussin !
Il est coquin, mais tellement affectueux !
... Euh... Si les enfants allaient le promener puisque la pluie a cessé !
Mais oui ! Quelle bonne idée !
125-5

Ouf! Nous voilà débarrassés de ce gros Poussin!
Prenez bien votre temps les enfants!
Ça, c'est sûr, garanti!
Ils ne comprennent rien! C'est tellement chouette un chien comme ça!
Je voudrais l'avoir tout le temps avec nous!
Tu te rends compte, tout ce qu'on pourrait faire avec lui!
125-6

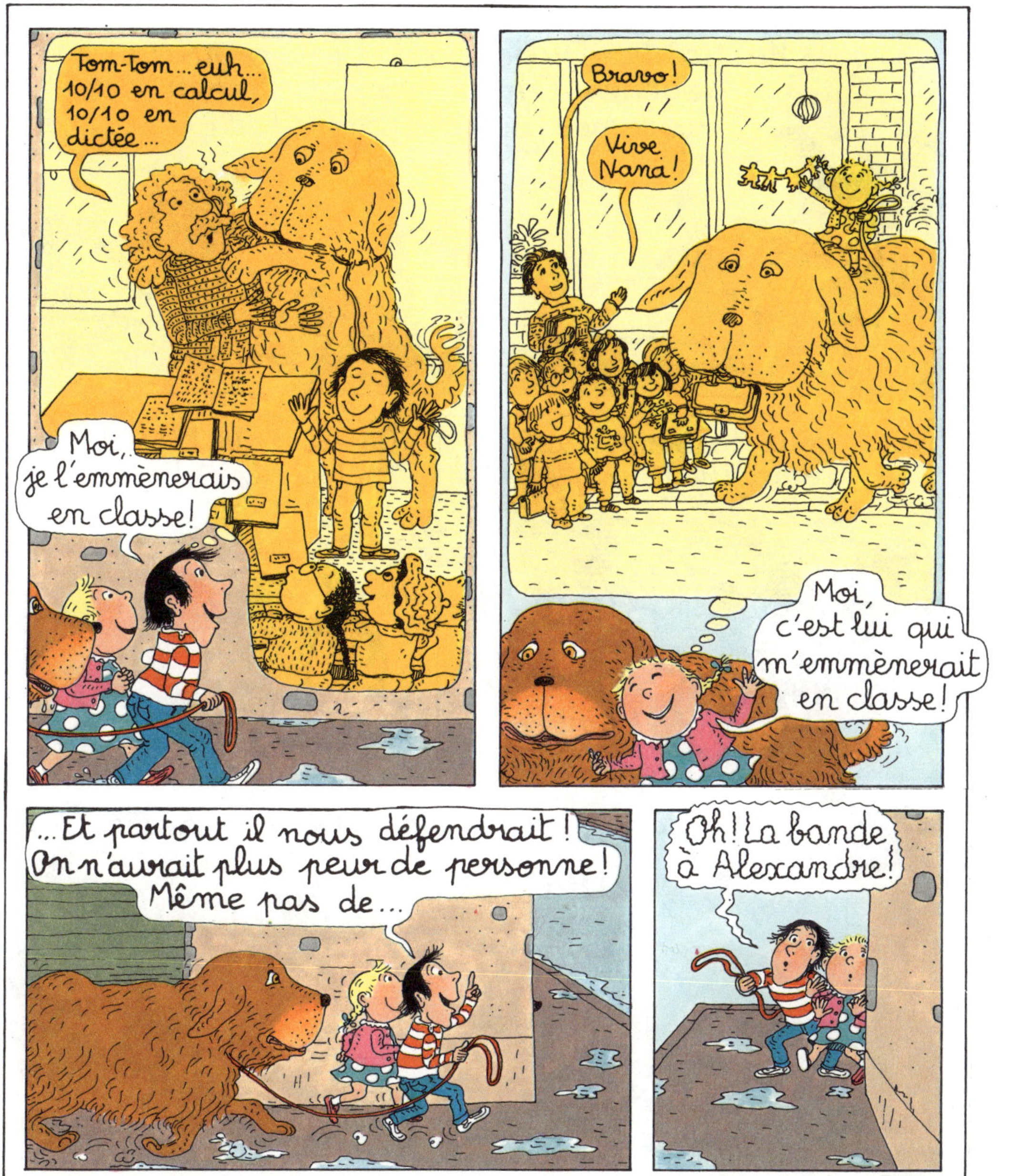
Tom-Tom... euh... 10/10 en calcul, 10/10 en dictée...
Moi, je l'emmènerais en classe !
Bravo !
Vive Nana !
Moi, c'est lui qui m'emmènerait en classe !
...Et partout il nous défendrait ! On n'aurait plus peur de personne ! Même pas de...
Oh ! La bande à Alexandre !
125-7

Ha! Ha! Les Dubouchon ! Toujours aussi bouchés ! On va les déboucher avec nos tire-bouchons !
Venez vous battre, espèces d'omelettes !
TARATATATA!
PAFF!
POP!
Qu'est-ce que t'as dit, toi ! Répète !
Euh... j'ai dit... Vous avez d'jolies casquettes !
Ha! Ha! Vous tremblez, nounouilles !
125-B

Allez Poussin, dévore-les!
Oh, mince alors, on est déshonorés!
?
Oh! Ce qu'il est beau, beau, ce chien!
J'en voudrais un, comme ça!
On peut venir avec vous!
Euh... ben... oui...
Hé! Attendez moi!
J'peux lui toucher la queue?
Allez, maintenant, on rentre, Poussin!
125-9

Déjà de retour?
Ouais... Et Poussin s'est fait plein de copains!
J'ai oublié de vous dire : il adore les enfants et les enfants l'adorent!
Je vous le confierai tous les mercredis!
Quoi?
TARATATA!
Misère! Et voilà la pluie qui se remet à tomber!
WOOF!
POP!
PAF!
J'ai trouvé une brosse pour le brosser!
Un sucre! Voilà un sucre!
Un os! Je vais le lui donner!
De l'eau, pour Poussin!
FIN
125-10

La tempête Roberte

Je m'installe chez vous pour une semaine au moins...
...Si ce n'est plus!
Ah?
J'ai bien vu l'autre fois que vous étiez débordés!
Oh! Pas plus que d'habitude!
Mais si! Et les petits manquent d'affection!
Et vous aussi vous avez besoin qu'on vous soigne!
Adrien! Tu es plein de taches!
Oh, mon Dieu! Et ton pantalon!
123-2

Allez, je passe à l'action ! Donne-moi ce pantalon !
Pffff... C'est bien le moment !
Et maintenant, à nous deux, Yvonne !
Vous avez besoin d'une mise en plis !
Et voilà, c'est pas plus difficile que ça !
Bzzz
A votre tour les enfants, je m'occupe de vous !
???!!!!
123-3

Voyons, voyons! Vous avez des leçons à apprendre!
Euh...
Ben...
L'important c'est de s'installer confortablement!
On est quand même mieux comme ça pour travailler!
Ben...
Euh...
Toi, tu vas m'apprendre ta poésie!...
... Et toi, ton résumé d'histoire!
Pendant ce temps, je vais faire un tour dans les toilettes!
123-4

Oh, là, là ! Quelle tornade !
Et ça va être comme ça pendant une semaine !
C'est pas possible !
Mais... J'ai une idée, moi !!!
On va l'enfermer !
Elle n'est pas près de sortir de là !
CONSERVES
CONSERVES
W-C
123-5

Dis-donc, ça fait au moins une demi-heure qu'on est là!
La, la, la... la, la...
W-C
Mon Dieu qu'est-ce que vous avez fait?
Ben... On vous a un peu débarrassé de tante Roberte!
Vous êtes fous!
?
?
J'ai fini!
?
123-6

Tom-Tom et Nana : les fous du mercredi

Oh, là, là! Cette toile d'araignée!
CLAC!
Et cette poussière!
DIPLOME
ATCHI!
TCHI!
Ouain!
Et cette vaisselle, il faut la nettoyer!
Hé!
Mais je n'ai pas fini de man...
123-8

Il n'y a plus qu'à passer l'aspirateur !
BRRRRR...
Faites comme si je n'étais pas là !
BRRRRRR...
J'ai une super idée ! Entraîne-la vers la sortie !
Ouais !
BRRRRRR...
Par ici, tante Roberte ! Y a des miettes !
BR RRR RRRRRRR...
Oh, là, là ! Toutes ces saletés !
CLAC
123-9

Et regardez-moi ce trottoir!
BRRRR...
Y a pas à tortiller! Si on veut que ça soit propre dedans, il faut nettoyer dehors!
Avec cette rallonge de 5 kilomètres, on est tranquilles pour un bon moment!
Ouf!
Grunsh!
BRRRRRRR...
FIN
123.10

Tout pour Rechignou!

Monsieur Rechignou!!!
Je n'en reviens pas...
Ça fait des mois qu'on ne l'a pas vu!
Je le croyais mort!
Mais alors... je me demande où il mangeait à midi...
Oui, où??
Moi, je sais... Il allait tous les jours au "Homard gracieux"!
quoi?...
... Dans cet affreux restaurant en bas de la rue!
Affreux? Mmm... Moi, je le trouve très chic!
Avec des gens chics, des serveurs chics...
... Et de beaux rideaux!
Et de jolis fauteuils!
130-2

Et alors... Les rideaux, les fauteuils, ça se mange peut-être !
Moi, je vais lui montrer ce que c'est un bon restaurant... à monsieur Rechignou !
TCHAC! TCHAC! TCHAC!
Oh ! Comme il a changé... Comme il est élégant !!
C'était quand même un bon client !
Il faudrait le récupérer !
Il pourrait nous amener du monde... du beau monde !
TCHAC! TCHAC! TCHAC!
Nous, on va s'occuper de lui !
Il n'ira plus jamais au "Homard Gracieux" !
130-3

A votre santé, monsieur Rechignou!
Alors! Vous êtes de retour parmi nous?
Ça n'a pas changé ici! Toujours aussi Dubouchonouillant!...
guiling! guiling!
BILAN TRIMESTRIEL
DOSSIER
...Et il n'y a pas de place pour moi évidemment!
Mais si! mais si!
Allez, dehors, vous!
130-4

Regardez-moi cette chaise! Un véritable instrument de torture!...
Voilà! Voilà!
...Et ces miettes! Oh! C'est dégoûtant!
Minute! Minute!
smack!
gnegnegne!
Miam!
Slurp!
Oh! Que de bruit! Que d'agitation!
Hic!
Prout!
Chut!
Ma parole, il se prend pour la reine d'Angleterre!
130-5

Ouin!
Mmm... Heureusement que j'ai mes pilules digestives!
Faites taire ce bébé, voyons!
Ben, qu'est-ce qui te prend?
HOC!
MENU DU JOUR
Smack!
Arrêtez ces bruits de baiser, c'est infernal!
ATCHOUM!
Monsieur, il est interdit d'éternuer ici et même de se moucher!
BAMBINO!... BAMB...
130-6

... BAMBINO ♫ BAMBINO ... Ô♩ Ô♩...
SILENCE ! c'est pas une chorale, ici !
Shmurk !
Et vous, ça suffit de shmurker en mangeant !
Ben, moi, ça me coupe l'appétit tout ça !
Moi aussi !
Et... et vos desserts ?
Mangez-les vous-mêmes !
De toute façon, on n'a pas le droit d'ouvrir la bouche, ici !
130-7

C'est la dernière fois que je mange à la Bonne Fourchette, moi!
CLAC!
C'est un pur scandale!
Les Dubouchon ne sont pas près de me revoir!
Moi, non plus!
Ouin!
Oh, là, là! J'espère qu'il ne va pas s'en aller lui aussi...
On est bien, n'est-ce pas, à la Bonne Fourchette!
Comme ça, y a pas de danger!
130-B

Parfait ! Parfait ! Tout est parfait !
Mais... y a plus personne !
Monsieur Dubouchon ! On a perdu cinquante clients au moins !
Et Rechignou ?!
Il est toujours là, lui !
Cinquante de perdus, un Rechignou de retrouvé...
C'est magnifique !
130-9

Alors, content, monsieur Rechignou?
Oh oui ! Je reviendrai tous les jours maintenant!
Je suis très attaché à votre restaurant...
Hé!
Oh!
PATATRASPLOF!
Et voilà! Cette fois on peut fermer boutique!
FIN
130-10

Les as de la photo

Alors, alors?...
On va tenter notre chance dans la catégorie "Portraits"!...
KADOK CONCOURS sous la présidence de BOB KONNERY
WAOH!!
Oh, oui! Tout le monde est si beau dans la famille!
Je suis sûre qu'on va gagner!
Adrien
Marie-Lou
LA COCOTTE D'OR
...Oui... oui... C'est sûr! on va gagner!
Mais... on n'a pas d'appareil!!
T'en fais pas, je sais où il y en a un!
CONCOURS KADOK
128-2

Personne?
Personne!...
Chut!
Vite!
Hé!
Qu'est-ce que vous faites dans ma chambre?
Euh... un peu de ménage!
Mmmm...
Quand tu verras le résultat tu nous diras merci!
Allez, allez, au boulot!
CONCOURS KADOK
128.3

Voilà papa...
RRRRPschiii...
Il dort!
Comme il est mignon!
Attends, je vais le réveiller doucement!
Papounou! Souris, et dis : "Ouistiti... Ouistiti... Ouistiti"...
AAAOOH!
CLIC!
128.4

Fichez le camp, espèces de cauchemars ambulants!
J'espère que la photo sera réussie!
Maintenant, c'est le tour de maman!
CONCOURS KADOK
Je vais la prendre en contre-plongée!
Pas besoin de la réveiller, elle...
Mamounette! Tourne-toi un peu vers la droite!
Et souris!
Hein?... Mais...
CONCOURS KADOK
128-5

AAAHOOOH!!!
Ouais! On dirait un ange!
CLIC!

Qu'est-ce que j'ai fait au ciel pour avoir des gosses pareils!
Celle-là je suis sûr qu'on ne l'a pas ratée!
CONCOURS
KADOK
128-6

Si je vous attrape... Ça va barder!
Pfffou!! Quel travail!
C'est dur, la photographie!
CONCOURS KADOK
Courage, il ne nous reste plus qu'à prendre Marie-Lou!
PSSHHiiiiiH!
Zut, elle se douche!
Elle en a pour trois heures...
J'ai un truc radical pour la faire sortir!
CONCOURS KADOK
Marie-Lou, sors!! y a le FEU!
Parfait! Je suis prêt!
128-7

KRAATCH!
VLAN!
AAAH! Au feu!! Où sont les flammes?
CLIC!
Oh! Les crapauds!
Menteurs, voleurs, rendez-moi mon appareil!
Oui, oui! Dans cinq minutes!
PHO
Grand concours KADOK
Voilà! Y a plus qu'à attendre!
C'est dans la poche!
CLAP!
CLAP!
CLAP!
CLAP!
128.B

Une semaine plus tard...
Alors les Dubouchon, c'est la gloire !...
HA ! HA !
Félicitations !
Hein, quoi ?
Quoi, quoi ?
PHOTO JOURNAL
Comment, vous n'avez pas acheté "Photo Journal" ?
PHOTO JOURNAL
Hourra ! On a le premier prix du concours photo !
Et qu'est-ce qu'on a gagné ?
PHOTO JOURNAL
Mais... la chance inespérée de faire du cinéma !...
AAAAAH ? ?!!
128-9

... Du cinéma d'horreur!
Regardez, l'affiche est déjà prête !
??!!
Ha! Ha! Veinards!
PFFFFFF!!
On va bientôt la voir dans tout le quartier!
Bravo, les chasseurs d'images!
CONCOURS KADOK catégorie "Photos d'horreur"
Les heureux gagnants seront les vedettes de :
"MONSTRES EN FOLIE"
le nouveau film de BOB KONNERY
Yvonne Dubouchon sera: La sorcière volante.
Adrien Dubouchon sera: Burkle le borgne.
Marie-Lou Dubouchon sera: Murf la moussue.
FIN
128.10

Pousse-toi, Poussin!

... Pour qu'il mette la pagaille dans mon magasin !
Mais, mon Poussin est un ange, monsieur !
Laissez-le dehors, je vous dis !
Vous voulez qu'il fasse une dépression nerveuse...
WAOU !
WOUAF !
... Comme ces pauvres petits malheureux !
WAA OU OU OU...
Madame Kellmer ! Madame Kellmer ! On est là, nous, on peut vous le garder !
WAOOF !
Ouf !
132-2

Merci les enfants ! Je reviens tout de suite mon poussin chéri !
Chic ! Chic ! Quelle chance on a !
Mettez vous plus loin, vous gênez l'entrée !
Mmmm... Mon toutou !
MAXI
Il exagère ce bonhomme...
...Il gêne personne Poussin.
WOUAF !
WOUAF !
132-3

Regarde comme il est sage...
... Et intelligent en plus, il prend le passage pour piétons.
Hé! Il s'arrête au milieu!
Ma parole, on dirait qu'il a décidé de s'installer ici!
TUUUTT!
132-4

Pfff ! Voilà l'ange qui fait des siennes !
Dites-donc, ça va durer longtemps ?
Dégagez, on est pressé !
Poussin, je t'en prie tu ne peux pas rester là !
Qu'est-ce que c'est que ce veau ?
Attends, pas de panique, je crois qu'il y a un truc pour le faire avancer !
C'est ça... Madame Kellmer a une formule magique
Alors, trouve-la dépêche-toi !
Chut ! Laissez-moi me concentrer ! Mmmmm...
Chut !
132-5

Abracadouminus !
Oui... Bien... c'est pas ça !
WAOOF !
Groquigno-liguiliguilo !
J'en ai assez de ce cirque !
Pffff !
?!!!
WAOOF !
Allez ! Fais un effort ! Cherche encore !
Moi, je la connais la formule ! Un bon coup de pied...
132-6

Non ! Surtout pas !....
... Poussin est équipé d'un système d'alarme ! Vous allez déclencher la sirène !
Un système d'alarme...
Bon... Ben... Y-a plus qu'à alerter les pompiers !
Oh, là, là ! Ça chauffe trop ! Je vais chercher Madame Kellmer !
aaaah...
132-7

Vite! Vite! C'est pour un message urgent!
ACCUEIL
RENSEIGNEMENTS
Madame Kellmer, S.O.S! Mission impossible!
Situation explosive! Apporter...
Hein! Quoi!
MAXI GALERIES
...Formule secrète pour désamorcer...
Ya une bombe!
BRADERIE
...Poussin bloqué! Sortez vite!
Une bombe dans un poussin!!
JOUETS CÂLINS
TOC!
132-8

Qu'est-ce qu'il y a?
Faut évacuer le magasin!
Hé! Qu'est-ce qui vous prend?
Tom-Tom!
Venez vite madame Kellmer!...
...Poussin bloque la rue!
Pas de panique! Courez lentement!
PRIX
Mais!!! Que que faites-vous?
132-9

Mon poussin! Me voilà!
Bichounou! Bisou, bisou! Galipoupetta-patapata youpetimarcha!
Ben, ça alors, j'aurais jamais pu m'en rappeler!
Du coup, je n'ai pas fini mes courses... On reviendra demain!
FIN

Bayard Editions / J'aime Lire
Les aventures de Tom-Tom Dubouchon sont publiées
chaque mois dans J'aime Lire
le journal pour aimer lire.
J'aime Lire, 3 rue Bayard - 75 008 - Paris.
Cette collection est une réalisation
de Bayard Editions.
Direction de collection : Anne-Marie de Besombes.